L'EMPIRE

DE

LA FORTUNE,

OEUVRES

DE

M. BLANDEAU.

PARIS, IMPRIMERIE DE GAULTIER-LAGUIONIE,

HÔTEL DES FERMES.

L'EMPIRE

DE

LA FORTUNE,

POÈME EN SIX CHANTS,

PAR M. BLANDEAU.

Il ne faut d'autre talent pour faire fortune que la résolution bien prononcée de la faire, de la patience et de l'audace.

Les Philosophes du XVIIIe siècle.

A PARIS,

Chez {
DELAUNAY, } libraires au Palais-Royal;
HUBERT, }
BREDIF, boulevard des Italiens, n° 19;
PICHARD, quai de Conti, n° 5.

1825.

ÉPITRE AU ROI.

Je pensais au Dieu de la terre,
Lorsqu'on m'apprit que dans les cieux,
Son trône', un foyer de lumière,
Ici-bas répandait ses feux.
Le soleil était sa couronne,
Les étoiles ses diamants,
Diane un reflet que nous donne
Le monde dans ses transparents.
Puisque cet étonnant miracle
Est le mouvant de l'univers,
Dans mon Roi je vois un oracle
Du Dieu qui m'inspire ces vers.
Charles, protecteur de la France,
N'est-il pas l'émule du ciel,
Quand les décrets de sa puissance
Sont sanctionnés par l'Éternel ?
Acceptez, grand Roi, mon empire,
Puisque la fortune y sourit,
Et pardonnez à mon délire,
Car c'est le cœur qui me conduit.

PROLÉGOMÈNE.

Les anciens Grecs furent les premiers qui mirent en usage le culte de la Fortune ; Homère pourtant ne l'a point connu, car il n'en parle pas dans ses deux poèmes ; Hésiode non plus, dans sa liste des dieux et des déesses.

Au temps les plus reculés du paganisme , les Païens avaient imaginé une ame qu'ils appelèrent déesse de la fortune ; ils placèrent cette ame dans le ciel, comme le souverain moteur de toutes les affaires ; ils s'imaginaient qu'elle distribuait les biens et les honneurs , et la représentaient ordinairement par une femme aveugle et chauve , qui se tenait debout sur une roue avec deux ailes aux pieds , expression assez naturelle de l'inconstance de la fortune.

Le christianisme ayant renversé toutes les idoles du paganisme, il est remarquable que la Fortune n'a pas perdu ses sectaires, et que cette idolâtrie est toujours portée à son comble.

Les Romains reçurent des Grecs le culte de la Fortune, sous le règne de Servilius Tullius , qui lui dédia un temple. Le feu ayant pris à ce temple , l'histoire rapporte que la statue de bois qui représentait la déesse resta tout entière après l'incendie totale de l'édifice ; il n'en fallut pas davantage pour mettre cette divinité en crédit.

Néron honora le culte de la Fortune, et lui fit bâtir un temple à Antium sa patrie. Par la suite les Romains multiplièrent à l'infini les temples de la Fortune, en compensation des événements de la vie, pour légitimer leurs croyances et leurs actions : ce n'était rien que de la faire bizarre, aveugle, fantasque, chauve et dans un équilibre funambule; ils la chargèrent des deux pôles du monde sur sa tête, et tenant en main la corne d'Amathée : ailleurs elle avait un soleil, un croissant sur le front et Plutus dans ses bras; ce fantôme de Fortune était toujours plus ingénieux que l'adoration du veau d'or du tems de Moïse.

La Bonne Fortune se voit dans une médaille de l'empereur Antonin Géta.

La Fortune pacifique a aussi fourni ses médailles sous Antonin le Débonnaire.

La mauvaise Fortune était représentée par un navire faisant eau de toutes parts.

La Fortune d'amour se figurait par un jeune homme qui se jouait avec une jeune femme.

On voyait encore dans Rome les temples de Fortune virile, Fortune féminine et même Fortune aux mamelles.

Tous ses édifices servent aujourd'hui aux temples de Dieu.

Ce n'est point précisément la Fortune du paganisme que je traite dans mon poème, c'est la Fortune morale.

Je crois qu'il y a plusieurs moyens de faire fortune, des moyens vils, des moyens criminels et des moyens honnêtes. Je ne nommerai pas ici les Fortunes qui sont dans la catégorie des deux premiers moyens, d'autant plus qu'il faut se méfier des philosophes qui en ont fait l'application à certains hommes et à certaines choses ; mais, quant aux moyens honnêtes, je suis bien de leur avis.

Dans mon récit moral, j'ai mis Plutus aux pieds de la déesse, au lieu de le mettre dans ses bras : j'ai trouvé qu'elle était assez chargée par les deux globes célestes, par le soleil, par la lune et par sa corne d'abondance,

Ses tours de force et son équilibre m'ont fait penser qu'elle était suceptible de fragilité, et sur ce point j'aurai des détracteurs ; car les temples de la Fortune se perdent dans la nuit des temps, et l'homme succombe après les avoir bâtis. C'est justement là le principal but moral de mon ouvrage, et je citerai à cet appui quelques vers de Corneille dans Cinna :

. . . .
. . . .
J'ai souhaité l'empire et j'y suis parvenu ;
Mais en le souhaitant je ne l'ai pas connu ;
Dans sa possession j'ai trouvé pour tous charmes
D'effroyables soucis, d'éternelles alarmes,
Mille ennemis secrets, la mort à tous propos,
Point de plaisir sans trouble et jamais de repos.
. . . .
. . . .
Enfin tout ce qu'adore en ma haute fortune
D'un courtisan flatteur la présence importune,
N'est que de ces beautés dont l'éclat éblouit,
Et qu'on cesse d'aimer sitôt qu'on en jouit.

Les justes critiques qu'on a bien voulu faire de mes essais, *l'Empire du tabac*, *l'Empire du café* et *l'Empire des indépendants*, m'ont fait croire que j'avais eu tort de prodiguer le titre d'empire à une plante et au fruit d'un arbrisseau, de le prodiguer enfin à une réunion de fous, dont quelques-uns sont devenus célèbres dans l'histoire, surtout Voltaire, Jean-Jacques Rousseau et autres grands génies; aussi ai-je pensé que pour me réconcilier avec les quarante savants de l'Académie il me fallait traiter un sujet à qui leurs seigneuries avaient spécialement consacré toute l'étendue du mot; aussi nous apprennent-ils qu'il faut dire *l'Empire de la Fortune, la Puissance de la Fortune.*

FIN DU PROLÉGOMÈNE.

L'EMPIRE

DE

LA FORTUNE.

CHANT PREMIER.

Amante d'Apollon et sensible à la gloire,
La Fortune m'entraîne au temple de mémoire,
Et m'offre, pour pinceau, cet heureux talisman
Qui donne de l'esprit, des grâces, du talent;
Laissez tous vos vieillards, toutes vos hyperboles;
Laissez vos arlequins et vos fades écoles;
Auteurs, dans le sommeil tombez à mes genoux,
La Fortune l'ordonne, elle fuit devant vous.
Apprenez ses secrets, connaissez ses miracles,
C'est moi qui suis chargé d'ouvrir ses tabernacles;
Suivez mes pas, marchez, son temple m'est ouvert,
Voyez en y entrant l'accueil qui m'est offert.
Au travers d'une mer resplendissante, houleuse,
Est construit son palais : sa roche périlleuse
Ne le garantit point des flots de l'Océan,
Et sa fragilité redoute l'ouragan;
Mais la déesse agile et très-bonne coursière,
Un pied sur une boule et l'autre par derrière,

S'empare d'une roue, et roulant tour à tour,
Change quand elle veut son théâtre et sa cour.
A ses pieds est Plutus, et toute la cohorte
De nos grands financiers est de garde à sa porte;
On y voit des Français qui, pour indemnité,
Réclament un milliard près de sa déité.
La déesse soutint un combat effroyable
Contre ces grands géants renommés par la fable;
Son temple fut brisé, et les nouveaux Titans
Furent plus destructeurs que les trente tyrans;
Ils vendirent les biens, ils tranchèrent la vie
Des mortels innocents qui fuyaient leur patrie.
Le roi de ces mortels fut proclamé martyr;
Pour changer sa fortune ils le firent mourir.
De la fidélité telle est la récompense,
Que de plus d'un milliard ils ont eu l'assurance,
Afin que tous leurs biens, qu'on dit nationaux,
Un jour leur soient rendus devant les tribunaux ;
C'est un point décidé par tout jurisconsulte,
La loi d'indemnité sur le fait est occulte;
Mais le propriétaire aux yeux de la raison
Est le dépossédé par force ou lésion;
La Fortune a parlé, c'est une souveraine
Qui, sa charte à la main, l'emportera sans peine.
Que de femmes, grand Dieu! dans ce puissant séjour,
L'art et la politique y luttent tour à tour,
La beauté fut toujours émule de la gloire,
Et la munificence y trouve sa victoire.
On cède à la plus belle afin d'avoir son cœur.
    La déesse autrefois fit plus d'un empereur.
Dans ce temple divin on y voit la figure
De tous les potentats, ils y sont en peinture :

Sur un mont escarpé, voyez Napoléon
En habits d'Austerlitz, mourant sur un lion;
La Fortune lui dit d'abdiquer son empire,
Napoléon écrit, réfléchit et soupire :
« Oui, j'abdique à jamais pour moi, pour mes enfants;
« Soyez heureux, Français, tels sont mes sentiments. »
Mais un moment distrait, il prend son écritoire,
Et, du sable manquant, verse de l'encre noire
Sur l'écrit important..... Voilà bien le héros,
Il cédait au moment, mais non pas au repos.
Je crois même qu'encor tout tache et tout rature,
L'écrit ne montre pas au bas sa signature;
Et je défie aux yeux exercés et très fins
De lire ce lambeau qui réglait nos destins.

    La Fortune se rit de ruse et de malice,
Son arrêt prononcé, adieu tout l'artifice;
La déesse improvise à son accent flatteur,
Je crois qu'elle se sert pour parler du bonheur;
Pour mieux encourager ma plume intimidée,
Elle va me dicter un moment sa pensée.
« Je fus de tous les temps ce gage précieux
« Qui ranima les hommes et dirigea les Dieux;
« En créant Jupiter, je le nommai mon maître,
« Les Païens à leur tour adorèrent mon être,
« M'élevèrent des temples ainsi que des autels,
« Et je fus la première à créer les mortels :
« Abraham fut mon fils, et je fis les prodiges
« Qui du Dieu de Jacob annonçaient les prestiges;
« Noë fut mon ministre, et c'est par mes moyens
« Que l'arche du bonheur est sorti de ses mains.
« Du grand Dieu d'Israel ayant béni la gloire,
« De l'homme Dieu voulus illustrer la mémoire,

« Et c'est pour le salut des morts et des vivants
« Que je le fis mourir par ses propres enfants;
« Sa résurrection fut mon plus bel ouvrage,
« L'élevant jusqu'aux cieux pour vivre d'âge en âge,
« Et le nommant le Christ, le Dieu des souverains,
« Par ce nom j'indiquai sa gloire et ses destins;
« Je fis de l'alcoran un livre de mensonge,
« Illustrant Mahomet, je permis ce beau songe;
« De l'Orient ainsi captivant les états,
« Des Grecs avec les Turcs je permets les combats;
« Car c'est en divisant les peuples de la terre
« Que mon oracle étend partout son ministère.
« En créant une Bourse où président les dieux,
« Du commerce attrayant je sus combler les vœux;
« Et dans tous les pays gouvernante et prêtresse,
« A la Bourse on me voit favorable ou traîtresse. »
Telle est sa politique et surtout son pouvoir
De changer le matin tous ses calculs du soir;
L'heur et le malheur ce sont les deux puissances
Que la Fortune emploie à régler ses balances,
Car elle se complaît à peser des humains
La force, le travail et surtout les destins.
L'étoile du bonheur, la brillante comète
Qu'en dix-huit cent onze on vit sur notre tête,
Qui par sa rareté fit courir tout Paris,
Était de la fortune un très-puissant appui;
L'Observatoire était à faire son prélude,
Pour lire ses décrets, en faire son étude,
Et des grands astronomes, en renforçant leurs yeux,
Y lirent les secrets que nous cachent les dieux.
Le grand Napoléon voyait d'une fenêtre
L'astre de son destin, examinait cet être,

Calculait son bonheur..... Tandis qu'à son couchant
Le soleil éclipsé formait le firmament,
Les peuples s'attrouppaient autour du météore,
Et ceux qui le voyaient voulaient le voir encore.
Sa queue était superbe, et par ses feux divins,
Elle semblait crier aux groupes des humains :
« D'un grand évènement je porte la nouvelle,
« Avant qu'il soit dix ans, d'une gloire immortelle,
« La plupart d'entre vous jouiront dans le ciel,
« Si leur mort les appelle auprès de l'Éternel. »
Cent mille individus qui virent la comète
Vivent dans ce séjour. C'est là que sans lunette,
Ils peuvent contempler cet astre flamboyant,
De la guerre et la mort signe très-éclatant.
L'empereur des Français attaquant la Russie,
L'étoile prédisait qu'il perdrait la partie.
S'il eût cru Tamburlan, s'il eût cru Bajazet,
L'étoile de l'empire à son char s'attachait ;
Des grands évènements c'était le plus notable :
Napoléon étant ici-bas redoutable,
La comète en tout lieux prédisait qu'à tels jours
Les Bourbons reprendraient de leur règne le cours,
Et que l'usurpateur, sans trône et sans patrie,
Serait sur un rocher enchaîné pour sa vie ;
Que la France vaillante, heureuse avec ses rois,
Plus tard devait voler à de nouveaux exploits,
Et qu'un prince connu par son obéissance,
Par ses grandes vertus, ses bienfaits, sa science,
Devait, sans hésiter de cent mille soldats,
Diriger un armée et voler aux combats ;
La comète eut raison ; de nos soldats la gloire,
Par l'auguste Dauphin, obtinrent la victoire,

Et ce poste fameux, l'imprenable Cadix,
Au moment de l'assaut, par le prince fut pris;
La Fortune se plaît à changer sa tactique,
Chauffe tous les esprits par sa force magique,
Étant de tout état la reine et le soutien,
Elle renverse l'un quand l'autre se maintien :
De tous les conquérants elle se rit sans cesse,
Le sélève d'abord, ensuite les abaisse;
Les guerres, les complots et les assassinats
Sont les moyens affreux de tous ses attentats.
Sylla, le dictateur, meurt obscur dans sa ville;
César, grand empereur, au sénat bien tranquille,
Maître du monde entier, va tomber sous les coups
Du poignard qu'elle met entre les mains des fous;
Elle donne des biens avec magnificence
A celui qui lui cède et qui toujours l'encense.
Alexandre incendie et met tout aux abois;
Avant trente-trois ans finissent ses exploits.
La fortune précoce est souvent malheureuse,
Et l'âge mûr la rend toujours moins scabreuse :
Son visage est riant et tout couvert de fleurs,
Brillante de bijoux, de diamants, d'odeurs;
Elle attire et captive en faisant beau sourire,
Le malheur l'influence, et près d'elle soupire.
Tel qui courait après a fait naufrage au port,
Et se trouve content d'échapper à la mort.
D'autres ont su gagner des richesses immenses;
Au moment d'en jouir perdent leurs espérances,
Car dans la traversée un corsaire Africain
A saisi le navire et confisqué le bien;
Solon nous avertit par sa haute sagesse
Qu'il faut se méfier souvent de la déesse,

Elle berce l'esprit, l'imagination
Du pauvre ambitieux ardent en fiction.
Voulez-vous de l'heureux saisir la destinée,
Voulez-vous du bonheur avoir la juste idée,
Cherchez à plaire à tous, car le bien général
Au plus riche mortel vous rendra sans égal.
De quelque découverte illustrez la commune,
Et vous verrez bientôt accourir la Fortune.
Elle veut voir mourir les rois, les empereurs,
Avant de prolonger jusqu'au bout ses faveurs;
L'orage et la Fortune ont toujours la manie
D'abattre les grands mâts qui leur portent envie;
Il semble que là-haut des esprits sourcilleux
Attaquent les humains qui bravent tous les dieux;
Elle veut des vertus et tolère le vice,
Elle veut éprouver de nos cœurs la justice :
L'avare lui déplaît s'il cache son trésor;
Elle dit au voleur : Vous n'y faites point tort;
On la voit dans la nuit, toujours grande coursière,
Crier aux citadins : Gardez-vous comme en guerre,
Car la police dort, et par le temps qu'il fait
On brisera chez vous serrures et volet;
Et des incendieurs, si vous n'y prenez garde,
Vont brûler vos maisons par ruse on par mégarde.
Écoutez mon phénix, il connaît les humains,
Et cotisez-vous tous pour sauver tous vos biens.
Du Bazar enflammé voyez quel est l'exemple;
Le commerce en faisait son idole et son temple,
La foire des bijoux, des meubles, ornements,
La foire des cristaux, perles et diamants,
Étalaient dans ce lieu leur pompe et leurs richesses;
Quand le premier de l'an promettait ses largesses.

La Fortune aujourd'hui accomplit ses décrets,
Et tant de favoris vont perdre ses bienfaits;
Elle arme ses démons de torches d'hydrogène,
Et commande au malheur de la suivre sans peine;
Le Bazar est brûlé..... Dans ce malheureux lieu
Tout n'y était ouvert la nuit que pour le feu,
Le feu de l'infortune, hélas! est si cupide
Qu'il fond tous les métaux par sa force rapide ;
Des animaux vivants, arrivant des déserts,
Et qui tous enchaînés traversèrent les mers,
Eh bien, il ne sont plus... Consumés dans les flammes,
Par leurs cris déchirans ont porté dans nos ames
Cet attendrissement que l'on donne au vivant
Lorsqu'il est brûlé vif au foyer du tourment.
Le serpent Bos siflait de fumée et de rage,
Il limait par ses dents les barreaux de sa cage;
Les autres animaux brisaient tous leurs liens,
Enfermés dans l'enfer appelaient les humains;
Ils cherchaient les vallons, les arbres, les montagnes;
Ils demandaient tout haut leurs anciennes compagnes,
Une mère attentive, et, pour surcroît de maux,
Ne trouvaient que de l'or, des bijoux, des métaux.

. . . .

Ignorants sur leur mort, mais sentant leur souffrance,
Au moment d'expirer, conservaient l'espérance;
Et tous, par cet instinct que donne le malheur,
Voulaient forcer la porte, où l'homme, de bon cœur,
Venait à chaque instant visiter leur demeure,
Afin qu'il devançât ce jour-là sa bonne heure.

. . . .

. . . .

Que j'aime de Paris les nobles habitants,

Que j'aime à voir en tout leurs pieux sentiments,
Les princes et les grands, le monarque et les anges,
Prient pour le Bazar, les Dieux et les archanges
La Fortune aussitôt va présider sa cour,
Et de la Bienfaisance abordant le séjour,
Lui permet d'exaucer un vœu si magnanime,
Et le Bazar renaît du profond de l'abîme;
Tels nous verrons un jour cinq mille Salinois
Par les cœurs des Français recouvrer à la fois
Les biens que l'incendie a plongés dans la terre,
Et Salins reconstruit sur Salins en poussière.

FIN DU PREMIER CHANT.

CHANT DEUXIÈME.

Ma muse audacieuse et d'humeur sans égale,
Est parfois indiscrète et même originale ;
En vain l'on chercherait dans les murs de Paris,
Mon pareil en esprit demeurant à Passy;
Les remparts, à coup sûr, dans les temps où nous sommes,
Ne seraient point franchis à cause des bons hommes;
Et quel est le poète assez audacieux
Pour parler comme moi le langage des dieux ;
D'imagination à nulle autre seconde,
Voudrait rivaliser ma muse si féconde?
Que tous ces esprits forts sachent que dans sept jours
Je fais seize cents vers, et qu'animé toujours,
L'organisation de ma brûlante amorce
Fait rejaillir le vers d'abondance et sans force;
Que Boileau, suivant moi, n'est qu'un modique auteur,
Grand suppôt de la rime et forçat rimailleur,
Qui pendant douze mois était en embuscade
Pour éviter un mot peu sonore ou maussade,
Et dont l'esprit borné, pour plaire à ses amis,
Suivait toujours leur règle, ainsi que leurs avis ;
Qu'importe enfin la règle et *tyrante* grammaire?
Subjuguons, croyez-moi, l'usage et la sorcière.
De l'illustre Tardif approuvez les récits;
Il compare ma muse à nos plus grands esprits.

Qu'on pousse les hauts cris, je suis *applaudissable*,
Tout en créant des mots d'un esprit admirable;
Enfin n'est-il pas vrai que dans quelques pays
On s'exprime en français autrement qu'à Paris ?
La république est-là.... Faire un dictionnaire,
C'est *conventioner* le mot qui nous éclaire,
Et que mon imprimeur, pour la dernière fois,
N'inprime plus Français comme on écrit François.
Voltaire, sur ce point, avait fait sa fortune;
Il avait violé des mots la loi commune;
Mais Voltaire aurait dû faire son testament,
A notre Académie ordonner, en mourant,
De supprimer saoul ou bien celui d'imberbe,
Qui pâlira toujours devant le mot superbe,
Superbe est en anglais, allemand, hollandais,
Et dans toute l'Europe on dit le mot français;
Si des *réconquérants* nous craignons la présence,
Que les *incendieurs* effraient l'assurance,
Voilà, je crois, des mots qui font toujours plaisir.
Les savants de Paris peuvent s'énorgueillir
Des innovations qu'invente mon génie
Pour arriver un jour à cette Académie,
Non par des grands chemins serviles et battus;
Mais par ceux qu'enfanta l'essaim de nos vertus
De la Fortune enfin connaissez tout l'empire,
C'est d'attirer sur soi la foudre et la satire;
Ayez des ennemis, mais de ces ennemis
Relevant votre gloire en bravant vos avis.
L'esprit ne suffit pas pour de pareils suffrages,
Il faut être estimé des fous comme des sages.
La gloire et le mérite disputent le terrain;
Mais la gloire et l'argen décident le destin.

Si j'avais à choisir de l'or ou de la gloire,
Le mérite à mes yeux gagnerait la victoire.
Le siècle où nous vivons est un siècle de fer.
La révolution nous produisant l'enfer,
Les hommes d'aujourd'hui sont les hommes du diable ;
Le moindre d'entre nous est vraiment intraitable :
Vous lui parlez de Dieu, vous le voyez jurer
Et prononcer des mots comme un vrai muletier ;
Les anges, les autels, ce sont des synagogues ;
Vous leur parlez en vers ou par vos épilogues,
Leur endurcissement va jusqu'à la fureur,
Et pour vous faire taire ils crient... au menteur ;
Parlez-leur de Voltaire, ils vont cesser de boire,
Pour savoir du poète une petite histoire ;
Et s'ils savent par cœur des vers très-mal appris,
Placent à Mahomet ceux de Sémiramis.
Un jour, je m'en souviens, je parcourais Montagne,
Un paysan survient, le souris l'accompagne,
Ah ! dit-il, vous lisez un auteur tout nouveau :
Il lit de la Montagne, ah ! Jean-Jacques Rousseau,
J'en entendais parler à mon défunt grand-père,
Il était compagnon, me dit-il, de Voltaire ;
La popularité de ces deux grands auteurs
Captive les esprits sans les rendre meilleurs ;
Leur fortune est au comble, et les statuaires
Vendent avec les rois les Rousseau, les Voltaires.
Pourquoi n'est-il permis aux morts de revenir,
Ces auteurs étonnants pourraient du moins jouir
De leur vogue excessive et de leur statue,
Dont chacun veut avoir la maîtrise et la vue ;
Chez les bibliophiles ils pourraient s'assurer
Que leurs livres y règnent, s'y lisent en entier,

Et chez les imprimeurs ils verraient leurs ouvrages
Réimprimés encore avec grands étalages ;
Ils verraient les journeaux, serviles et rempants,
Prôner toujours Voltaire ainsi que ses enfants.
Il faut que les journaux poursuivent leur fortune,
Flattent l'opinion, l'opinion commune ;
Voltaire avec Rousseau peuvent seuls la gagner ;
Pour plaire à leurs lecteurs il faut les encenser.
On dit que tel journal dit du bien de Voltaire ;
Et qu'il ne peut souffrir le présent ministère.
Comment l'appelle-t-on, son nom, son nom, est tel,
Ah ! je le vois, dit-il, Constitutionnel ;
Ses rédacteurs, vendant leur esprit à la livre,
Le font payer six francs, ils peuvent très-bien vivre ;
Car, soit dit à l'oreille, ils faut être bien fou
D'acheter pour six francs ce qu'on revend six sous.
La Fortune est pour eux, si l'on voulait les croire ;
Les souverains aussi dépendraient de leur gloire.
Il faut que les journaux qui sont de bonne foi
Permettent au ministre, au ministre du roi,
De lier leur esprit, et le rendre propice
Au monarque, à l'état, ainsi qu'à la justice.
Liés à la couronne avec charge d'honneur
Ses maîtres de requête écriraient de bon cœur ;
Par un serment d'usage ils seraient plus affables,
Et les émoluments les rendraient raisonnables ;
Car jusques à présent dans l'opposition,
Je ne vois point d'esprit et très-peu de raison.
Du fameux Girardin voyez le caractère,
Il pousse son esprit vers l'esprit populaire ;
Cet homme transcendant veut prouver qu'à la cour
Il manque un Girardin pour briller tour à tour ;

Centralisation est pour lui sa cuirasse,
La révolution sa plus forte menace,
Un ministre répond que la loi Girardin
C'est de pouvoir braver tous ceux que le destin
A placés près du roi, pour soutenir en France,
Cet équilibre heureux qui donne l'assurance
D'oubli de mille horreurs et de mille complots
Qui firent submerger le pays dans les flots;
Les Français aujourd'hui, sauvés de ce naufrage,
De la loi Girardin méprisent fort l'usage.
Centralisation est pour eux le bonheur,
Centralisation est pour eux la valeur,
Centralisation est pour eux la couronne,
Centralisation les lois que Dieu leur donne,
Centralisation est l'ordre et les vertus,
Centralisation d'écarter les abus,
Centralisation de garder des ministres
Qui dans tous leurs discours ne sont jamais sinistres;
Centralisation de croire aux orgueilleux
Et de les rabaisser par leurs propres aveux;
La vanité déplaît lorsqu'elle est fastueuse,
Et la subtilité fut toujours malheureuse.
Modeste et du talent se rencontre bien peu;
Médiocre et rampant souvent ce n'est qu'un jeu:
Que cette bonne vieille était grande sorcière!
Deux cierges à la main consacrant un mystère,
Donnait l'un au diable et l'autre au plus grand saint;
Le diable gagnant elle obtenait sa grâce,
Et si c'était le saint près de Dieu prenait place.
Séduisante à l'excès, terrible dans ses choix,
La Fortune a lié les peuples et les rois.
Elle s'exprime ainsi : « Dans mon temple fragile,

« Qui croit me posséder, doit se montrer habile.
« Un soldat qu'on avance est un soldat d'honneur.
« Pour augmenter partout la gloire et la valeur,
« Je fis choix d'une croix, symbole du courage,
« Au milieu du danger, au milieu du carnage,
« Je promettais la croix au soldat valeureux
« Qui triomphait des autres en se montrant heureux.
« Souvent il revenait n'ayant plus qu'une jambe,
« Avec un œil, un bras, il se montrait ingambe.
« Il recherchait la mort, il obtenait la croix ;
« Heureux et malheureux il chantait ses exploits.
« Qui connaît les humains sait toujours les conduire,
« Donnez l'avancement au soldat en délire,
« Vous en ferez toujours un lion, un héros.
« Il faut récompenser la gloire et les travaux. »
A Bonaparte, un jour, un soldat, par rancune,
Se plaignait hautement de son peu de fortune,
Surtout du passe-droit que dans son régiment
Lui faisait essuyer le chef peu complaisant,
Et qu'il était affreux, au milieu de nos guerres,
Que la protection fît la part des lumières.
Napoléon lui dit : « Ce fut là mon bonheur ;
« Car c'est un passe-droit qui me fit empereur. »
Pour franchir l'échelon de ce trône de France,
Il eut aussi besoin d'un passe-droit, je pense ;
Mais de la république épousant le trésor,
Il doit ce passe-droit à ce grand coffre-fort.
Fameux par son malheur et par son infortune,
Le général Moreau sut braver sa fortune.
De Pichegru, voyez le plan mal concerté :
Il meurt pour les Bourbons, pour la fidélité.
Tous ces jeux sont magiques et incompréhensibles.

Ah ! déesse ennemie, aux arrêts si terribles,
Roule avec la tyrante. Ah ! mortel généreux !
Tu n'as point de repos dans des goûts si chanceux.
Avance tes amis ; ils sont tous à ta porte ;
Ils veulent tes faveurs, leur amour les transporte.
Va prier le monarque et fais-toi grand cousin,
Afin qu'à des emplois on les nomme soudain.
Va faire des ingrats ; car demain, si tu tombe,
Ils se riront peut-être, insulteront ta tombe.
. . . .
Le physique et la taille avec des grands moyens
Ont pu de la fortune appeler les destins.
Le courage l'emporte ; et cette force d'ame
Anime un petit corps, l'électrise, l'enflamme.
Alexandre-le-Grand était, dit-on, petit ;
Mais Alexandre était en bataille érudit.
On vit Napoléon, d'uns taille ordinaire,
Dominer à son tour notre France et la terre ;
Mais il la domina, grâces à la hauteur
Des hommes qu'il choisit pour sa garde d'honneur.
Napoléon, Kléber ont eu leur différence.
Le premier l'emportait par la ruse, je pense,
Cependant celui-ci dit un jour à Kléber :
« Suis-je ici plus que vous ? Je vois bien qu'à votre air
« Vous avez en effet de plus que moi la tête ;
« Il faut nous rendre égaux. Ma vengeance s'apprête
« Pour vous apprendre enfin à négliger encor
« Mes ordres souverains où tiennent notre sort. »
Kléber, obéissant sans bruit et sans murmure,
En sauvant le héros, paya cher l'aventure.
Napoléon, fuyant d'Égypte dans la nuit,
Mit Kléber à sa place, et le sultan instruit,

Plus tard illumina, dépêcha son séide,
Qui plongea dans Kléber un poignard homicide.
De la mort des héros nous passons aux martyrs ;
L'un meurt sans soupirer..... les autres vont souffrir.
L'Abbaye.... l'infortune et les clubs enragés
Qui du salut public étaient tous appelés,
Désignaient des humains la fortune ou la gloire.
Ils jouaient les mortels sur la rouge et la noire.
Le temple était l'asile où gémissaient les rois ;
Les peuples enchaînés n'entendaient plus leurs voix.
Le salpêtre et la mort organisaient la foudre
Qui dut pendant trente ans mettre le monde en poudre.
On achetait le ciel par des martyrs nouveaux,
Et la gloire divine étaient les échaffauds.
Que sont-ils devenus les bourreaux de la France ?
Le pardon de Louis a brisé leur puissance !
De Saturne empruntant les exploits fabuleux
Ils se sont déchirés et dévorés entr'eux
Et les mêmes couteaux servant de répresailles,
Tout couverts du pardon y portaient leurs entrailles.
D'un cantique, aujourd'hui, honorons Saint-Simon,
Comte des Agathois, Sandricourt, Siméon.
Il fut de son pays le soutien et l'égide,
Il fut de son troupeau le pasteur et le guide.
Il baptisa mon ame, et fut de mon cerveau
Le premier des chrétiens allumant son flambeau.
Il sut me suggérer et me faire connaître
Que Jésus-Christ était notre Dieu, notre maître.
Nous pleurions le sort du plus sage des rois ?
Il chantait l'homme-dieu qui mourut sur la croix.
Obligé de quitter son troupeau, sa patrie,
Il cherchait à sauver sa fortune et sa vie.

De tous ses grands trésors il fit un chargement.
Tout son or en lingots, sa vaisselle d'argent,
Ses bijoux précieux, ses livres, ses reliques,
Habits sacerdotaux, ses marbres, ses antiques.
Saint-Simon accorda la tonsure autrefois
Au malheureux S***., être subtil, sournois,
Cet être jacobin, pour prix de sa faiblesse,
De l'avoir agrégé à dire un jour la messe,
Au départ de l'évêque et des valets rouliers,
Écrivit à Paris au plus grand des meurtriers :
« L'évêque et comte d'Agde emporte des richesses
« Immenses. . . . Président. . . . croyez à mes prouesses.
« Il court chez l'étranger en passant par Paris :
« C'est à minuit sonnant qu'il quitte le pays. »
Robespierre aussitôt assemble son armée,
Aux portes de Paris l'on attend l'arrivée
Du comte et de ses biens. Hélas ! pour son malheur,
Les agents de ce temps avaient beaucoup d'ardeur.
Tout fut pris, confisqué. . . . . L'évêque soupirait.
Le tombereau fatal à la mort le traînait.

. . . .

Si des grands d'autrefois je traçais les désastres,
Mon empire bientôt, semblable à ces pilastres,
Qui, vieillis par le temps, s'écroulent par nos mains,
Ne ferait aujourd'hui qu'attrister les humains.
Nous sommes exposés aux coups de la traîtresse,
Elle tue les uns et les autres engraisse.
Mais que cacher sa vie est un mot bien pensé !
Épicure a raison de s'en être emparé.
Remarquez bien aussi que c'est l'ame commune
Qui provoque à coup sûr les coups de l'infortune.
Qui commandait, enfin, la révolution ?

C'étaient des gens grossiers, inspirés du démon.
Les hommes à talents qui voulaient la richesse
Se mirent à mener ces gens-là par la laisse,
Mirent le bonnet rouge et des torches aux mains,
Brûlaient des grands seigneurs tous les vieux parchemins,
J'en connais à Paris qui sont devenus comtes,
Qui savent qu'en ce jour je ne fais pas des contes;
Mais ils sont de l'avis de madame Campan :
« Qui diable aurait donc cru qu'un Roi fut revenant ?

FIN DU DEUXIÈME CHANT.

CHANT TROISIÈME.

Orphée, aux sombres bords, voulant fléchir Pluton,
Employa de sa lyre et le charme et le don,
Et d'Homère autrefois nous vîmes Alexandre
Préférer le talent aux rives de Scamandre.
Quand on a de grands biens on cherche à s'entourer
De ceux que l'on ne peut à la fois posséder.
Je veux parler des arts. La noble architecture,
L'aimable poësie et riante peinture ;
Tous les métiers utiles et les arts d'agrément,
Les talents merveilleux, l'orateur, le savant ;
L'historien fidèle et l'historiographe ;
L'art du législateur, l'art du ministre en place,
L'art fameux de la guerre, et l'art de naviguer,
L'art de l'agriculture, et l'art de m'imprimer,
L'art de la médecine et de la chirurgie,
L'art de la botanique et de la pharmacie,
L'art d'un bon financier, talent plus souverain
Que celui des docteurs en grec et en latin ;
Cent fois plus productif que tous les arts du monde,
Puisqu'il règle le sort de notre mappemonde ;
Enfin l'art de régner, cet art de plaire à tous,
Lorsqu'il faut régenter les sages et les fous ;

Lorsqu'il s'agit surtout du choix d'un ministère;
Il faut l'habileté dans cette grande affaire :
Il faut avoir passé tous ses ans dans les cours
Et de l'expérience avoir fait un long cours.
Bien choisir ses ministres est un talent suprême
Qui mérite qu'on soit digne du diadème.
Vouloir régir tout seul, c'est régner en tyran.
Un tyran est toujours soupçonneux, malfaisant;
Dédaigne les conseils que la prudence donne;
Il combattrait cent ans pour grossir sa couronne.
Il ne veut point céder aux autres souverains.
De Rome rappelant la gloire et les destins,
Il veut tout envahir pour singer cette Rome :
Mais depuis deux mille ans les mœurs ont changé l'homme,
Le Christ, en publiant en tous lieux ses décrets,
A détruit des païens les fabuleux projets.
L'art de règner n'est dû qu'à la haute science;
Et c'est savoir régner que régner sur la France.
Oui, c'est savoir régner que de suivre les temps
Qui demandent la paix et des hommes prudents.
Et dans ce testament, voyez l'esprit d'un père,
Qui laissait deux enfants en fermant sa paupière :
« Je donne à Balthasar tout l'argent, tout le bien;
« Villèle, pour sa part, n'ayant besoin de rien,
« Attendu que du ciel il tient toute aptitude,
« Villèle, de tout temps s'appliquant à l'étude,
« Ce qui promet qu'un jour il pourra parvenir
« Aux emplois où les princes ont besoin de choisir.
« Du talent qu'il possède il doit se satisfaire,
« Parce qu'il peut remplir dans quelque ministère
« Une place importante, être utile à deux rois,
« Et monter par la suite aux plus nobles emplois.

« Balthasar est baron, c'est pour toute sa vie ;
« S'il n'avait pas mes biens, adieu la baronie. »
La Fontaine à nos yeux est encore un tableau
D'un homme n'écoutant en tout que son cerveau.
Il vendait sa maison pour s'occuper d'Esope,
Et dans tout son fablier des riches il se moque.
Un pauvre en se pendant entraîne un pan de mur
Qui cachait un trésor. La fortune, à coup sûr,
Le mit fort à l'épreuve. Et s'il fallait se pendre
Pour amasser de l'or, les hommes au cou tendre
Risqueraient au moment d'entraîner un rempart ;
De mourir aussitôt par ce pénible écart.
Le conteur, pour prouver les jeux de l'importune,
Fait courir un quidam après dame Fortune ;
Et l'autre dans son lit l'attend nonchalamment.
Celui qui l'attendait la reçut en dormant.
La classe ouvrière est une classe unique,
Sans soucis, sans argent, forme sa république.
Et tous ces grands valets, ardents pour vous servir,
Et qui dispensent tout pour suivre leur plaisir.
Ces soubrettes adroites et ces fines commères
Qu'on appelle servantes et par fois cuisinières ;
Voyant un équipage à six chevaux fringants,
Je comptai dix valets tant dessus que dedans,
Le maître, n'ayant pu les placer à leur aise,
En mit de tout côté, même sur une chaise.
Je crus voir des sauteurs qui font sur des tapis
Des sauts très-périlleux, des danses, des lazzis :
Je crus voir dans leur chef un fameux funambule
Courant après l'argent dans sa demi-fortune ;
Bientôt je m'aperçus, en regardant de près,
Que c'était un milord avec tous ses sujets.

Dix valets bien vêtus qui n'ont pas d'autre affaire
Que de dire : Milord, à vos ordres, j'espère :
Nous voilà toujours prêts pour servir milady ;
Nuit et jour nous courons les postes de Paris.
Nous vivons largement, car la femme de chambre
Avec le cuisinier sur ce point peuvent rendre
Justice à notre zèle. Bien vrai ? répond l'Anglais,
Vous mangez comme un fort régiment écossais.
Mangez, valets, mangez, ruinez votre maître,
Vous, cuisinier, brûlez les bois d'ormes et d'hêtre ;
Brûlez tous vos rôtis, vos sauces, vos jambons,
Brûlez tous vos fourneaux, pour former vos tisons.
Ce n'est que par le feu que Mignot au Parnasse
Put illustrer son nom et celui de sa race.
Vive le cuisinier d'Auteuil où de Puteau,
Qui, par l'abbé Cotin, rivalisa Boileau.
Chacun de son métier se fait une fortune,
Et ces coureurs de nuit ressemblant à la lune,
Aiment les gens distraits qui jetant des débris,
Y laissent sans vouloir quelque chose de prix.
Un couvert d'argent souvent frappe leur vue.
Quel bonheur ! disent-ils ; et quelle bonne rue !
Plus loin un porte-feuille en sale maroquin,
Enfoui dans le chaume, enrichit un coquin.
Des billets de banque on ne fait plus de compte.
La paillasse à présent est la caisse d'escompte.
Le feu prit l'autre jour à d'immenses chiffons,
Et le coureur de nuit périt dans les charbons.
Cet autre chiffonnier annonçait la misère.
Quarante mille francs furent trouvés derrière
-Les rebuts des humains. Avis aux trésoriers
De chasser de chez eux toujours les chiffonniers.

Voyez ces mandiants, ils font parfois ripaille ;
On les voit estropiés se jouer sur la paille.
Tous les soirs pêle et mêle on les trouve entassés,
Jouir de leur fortune et de leurs voluptés.
Qui n'a pas vu ce gueux promener son carrosse
Et son laquais faquin qui relève sa bosse,
Qui pour mieux s'annoncer tourne son instrument,
Écorchant les oreilles au timide passant ?
Les grands ouvrent leurs portes à ce triste équipage,
Ils ne sont point jaloux de ce bossu si sage
Qui n'a jamais blessé nulle condition.
On jouit de son faste, on lui jete un billon.
Son coffre fort est plein au bout de la journée,
Et les gros sacs de sous conservent sa livrée,
Tandis que nous voyons tous les jours dans Paris
Des équipages fondre et se vendre à vil prix.
Celui de ce bossu va toujours et prospère,
Et c'est la charité qui soutient sa misère.
Esope, comme lui, se vit très-malheureux.
Vendu comme un esclave, et d'un esprit heureux,
De son maître Zantis le livre et l'interprète,
Augmenta sa fortune en dirigeant sa tête.
Souvent par l'apologue il ramena les rois
Au but de ses sujets, à de plus sages lois.
Crésus, par ses conseils, désarma sa colère
Contre les Samiens. Il ne fit point la guerre.
Delphes le vit mourir. L'oracle, son vengeur,
Punit les Delphiens de ce trait de noirceur.
La fortune a souvent une marche contraire,
Et suivant les pays change aussi de manière.
Pour chef les cannibales ont l'homme le plus fort ;
Pour gagner la partie, on mesure d'abord

La taille, l'embonpoint, la force musculaire ;
Des poutres assommants servent de ministère,
Et l'on proclame roi le plus fort porte-faix.
Qui des forts de la halle eut le plus beau succès ?
Pour reine on prend ailleurs une beauté divine,
Et comme Assuérus, d'humeur toute badine.
Le roi la conviait le soir à son souper,
Où la beauté d'Ester devait y triompher.
Le caprice des femmes influe et délibère ;
Les Juifs sont épargnés. Et le parti contraire,
Egorgé, mutilé, prouve, dans un seul jour,
Le danger de ses rois se livrant à l'amour.
D'Alembert, Diderot, sur le mot de fortune,
S'égaièrent un peu pour la rendre commune.
Ils blâment les moyens de ces vils courtisans
Qui portent à la cour leurs cœurs toujours rampants.
Ils trouvent criminels les oisifs. Leurs richesses,
Le pain des malheureux, les blés de leurs détresses.
Ils vont manquer de tout, même de vêtement,
Lorsque le superflu fatigue l'indolent.
Des hommes par milliers, privés du nécessaire,
Souffrent pour tous ces grands, brûlants de leur misère
Le seul moyen honnête et digne de renom,
Le seul moyen moral d'illustrer le blason,
C'est le dieu du commerce et celui de la gloire,
Voilà de la fortune et l'esprit et l'histoire.
D'Alembert, Diderot ont eu deux grands cervaux ;
Ils ont par leur esprit creusé mille tombeaux.
Il faut bien de tout temps attaquer la déesse,
Et la philosophie eut parfois sa faiblesse.
Criez contre les grands, les riches, les marquis,
Pour entrer dans leur rang, cela vous est permis.

5.

Académiciens de l'Encyclopédie,
Changez le mot fortune en fortune annoblie.
Ces criminels affreux, ces nobles opulents,
Ce sont ceux qui criaient jadis : A bas les grands.
Les grands ont à leur tour pris part dans le commerce,
Et les nobles nouveaux la Fortune les berce.
Les païens revenant pour connaître Paris,
De leur Rome antique ils verraient les débris,
Et de tous nos palais admirant la structure,
Ils croiraient trouver Rome au moins en miniature.
Le temple de Preneste et celui d'Antium,
La Fortune virile au palais Cupidon,
La Fortune affermie et la Fortune équestre,
Fortune féminine et Fortune pédestre,
La Fortune incroyable et celle de retour ,
Celle primigénie et celle de la cour,
La Fortune poltrone et Fortune nouvelle,
La Fortune douteuse et Fortune cruelle,
Et de Servilius retrouvant le trésor,
La Fortune enflammée y brillerait encor.
Près du temple brûlé on verrait son image
Miraculeusement échapper au ravage.
Le temple fortuné, le palais Barberin,
De la déesse était le temple le plus saint.
Des prêtres, des servants, de l'encens et des filles ,
Appellaient les Romains et toutes leurs familles ,
Et par des chants sacrés qu'on réservait aux dieux,
Encensaient une femme, un bandeau sur les yeux.
  Que j'aime ce vieillard privé de nourriture,
Que sur les boulevards on fait voir en peinture;
Cette jeune beauté qui lui prête son sein,
Rend la vie à son père et son lait le soutient.

Condamné à la mort ! ah ! fortune infinie !
La fille allaite et sauve un auteur de sa vie.
De pareils médecins sont, je crois, plus savants
Que les docteurs du jour qui font les importants.
Si de la Volupté ils nous peignent l'allure,
Sur un trône royal ils placent sa figure.
Sa thiare est d'aimant, son trône de vermeil ;
Elle brille en tout temps bien plus que le soleil.
A sa droite elle tient un gros bouquet de roses ;
Ce bouquet parfumé ranime toutes choses.
A sa gauche est un sceptre, et ce sceptre est en or ;
Sur un duvet de soie il brille plus encor.
Ses vêtements superbes et de couleur très-tendre,
Laissent voir un beau sein qu'on voudrait entreprendre.
Elle éblouit, captive, et quand vous la voyez
La sagesse succombe en tombant à ses pieds.
Détrompez-vous, mortels, de ses beaux apanages ;
Fuyez la volupté, fortunés, hommes sages,
La thiare d'aimant vous cache votre mort ;
Le sceptre en est la faux qui tranche votre sort.
La couronne de roses y fourmille d'épines,
Ses riches vêtements vous ouvrent les abîmes ;
Ils sont empoisonnés par la main du plaisir ;
La coupe des excès et celle du désir.
Mais les vertus toujours aux pieds de la déesse,
L'empêchent de tuer les hommes en détresse.
La prudence surtout veille à notre repos,
Et la force s'occupe à nous rendre dispos.
La Justice soutient sa balance équitable,
La bonne tempérance, en réglant notre table,
En mitigeant nos goûts, semble nous avertir
Que sans la tempérance on s'apprête à mourir.

Un médecin heureux c'est le plus nécessaire.
La nature fait tout lorsque l'on désespère.
Observer la nature et songer à l'aider,
Voilà des médecins le principal métier.
Quand à la chirurgie, il n'en est pas de même.
Malgré que la Fortune y joue un rôle extrême;
Voyez cet accoucheur, voyez cet instrument :
Ce forceps m'épouvante et me glace le sang ;
Car la mère ou l'enfant doivent perdre la vie.
Le malheur en ce jour condamne Mélanie.
Mélanie était belle, aimable, tour à tour,
Et sa construction admirable en amour,
Lui faisait redouter, lors de son mariage,
Qu'une grossesse affreuse était son apanage,
Que dans l'enfantement elle succomberait,
Et que l'amant heureux la mort lui promettait.
L'arrêt fut prononcé : l'arrêt fut véritable.
Mélanie en ce cas me paraît très-coupable;
Car, en lui défendant les plaisirs de Vénus,
Jeune, belle, fringante, elle en fit encor plus.
« Je n'ai qu'un an à vivre. » Et cet arrêt terrible
Aux hommes la rendait cent fois plus accessible.
Mélanie expira par le plus fort tourment,
Ne put pas même aider les cris d'enfantement.
L'arrêt, l'arrêt fatal lui vint à la mémoire,
Sa pâleur annonçait qu'elle devait y croire.
Semblable à un phœnix la mère succomba,
Quand son fils en naissant l'appelait par ses bras.

. . . .

Le médecin Barthès dit que le mot fortune
Est un mot frappant l'air, de croyance commune.
La prat'que pourtant ne suit un médecin

Que lorsque sa fortune a décidé du gain.
Barthès était savant, mais très-laid de visage;
Les femmes en ce cas décident l'avantage;
Elles aiment à voir au chevet de leur lit
Un médecin aimable et sans être érudit.
Un docteur, très-souvent, par des bonnes manières,
D'une femme surtout arrange les affaires.
On consulte les mœurs, les goûts et les penchants,
Et par des bulletins qu'on lit de temps en temps,
On peut concilier l'humeur, la maladie,
L'assiette lunaire, et sa marche infinie,
L'air qui régnait alors quand Lise souffrait fort.
Pour combattre cet air on ferme tout d'abord.
Si c'est un vent du sud il produit la migraine,
Lise d'un autre vent se met alors en peine.
La malade un moment est prête à succomber:
Le docteur, par devoir, se met à la saigner.
Quand on connaît le mal on n'a plus rien à craindre,
Et le bonheur de tous c'est de pouvoir l'atteindre.

FIN DU TROISIÈME CHANT.

CHANT QUATRIÈME.

Muse, n'oublions pas, dans nos chants, les trésors
Des empires du monde; autrement nos efforts,
Des mines du Pérou négligeant les entrailles,
Ne pourraient point parler des rois ou des batailles,
Surtout de ces hôtels où les grands monnayeurs
Forgent tout à la fois nos plaisirs, nos douleurs.
Que dirait mon poëme? où serait ma Fortune?
Oubliant le foyer de la trame commune,
Danaïde effrontée, elle fond l'or, l'argent
Au type de nos dieux, des rois, d'un conquérant.
Elle impose les uns et rétribue les autres
En donnant d'une main ce qu'elle prend aux nôtres.
Des hommes sont chargés de coter nos maisons,
Nos terres, nos berceaux, l'air que nous respirons.
Sur les droits de Bacchus elle étend son empire,
Et même tous nos jeux sont taxés sans mot dire.
L'argent que l'industrie a donné aux humains
Va remplir les trésors de tous les souverains.
Mais la maison du peuple est celle du monarque,
C'est le père commun qui des hommes de marque
Entoure son palais où régnent la grandeur,
La force, la bonté, les vertus, le bonheur.
Il répand à son tour ce que le peuple donne,
Et c'est par des bienfaits qu'il soutient sa couronne.

C'est pour notre service et celui des états
Qu'il entretient partout des troupes, des soldats.
Des ministres heureux, d'un esprit admirable,
Qui savent nous mener d'humeur toujours affable,
Ont chacun leur budget et leur département.
L'un règle la finance, et c'est le président ;
L'autre gardien du sceau ; toujours pour la justice,
Il rêve jour et nuit à la rendre propice.
L'un dans l'intérieur surveille les préfets,
Leur rappelle parfois le devoir des sujets ;
Par des instructions touchantes, laconiques,
Obtient des résultats qui paraissent magiques.
Il se charge parfois d'encourager l'auteur,
Vers les souscriptions sai. porter son bon cœur.
Mais s'il est mécontent de l'art de la science,
Il dit que son trésor manque exprès de finance.
Un autre plus puissant imitant le dieu Mars,
Vers la paix ou la guerre a toujours les regards.
La fortune et les rois sont souvent susceptibles,
Et la nécessité les rend parfois terribles ;
La marine a pour but de vastes arsenaux,
Avec ses employés, ses marins, ses vaisseaux ;
Et s'il plaisait au roi d'aller en Amérique,
Pour y réconquérir Haiti la république,
Qui fut de son domaine avant tout ouragan,
Le ministre aussitôt partirait à l'instant.
Pour visiter les ports d'une force navale,
Il organiserait sa troupe sans égale,
Comme devant Cadix, bientôt le cap Français
Se rendrait à son maître, à ses brillants succès.

. . . .

Cent-cinquante millions ont terminé l'affaire

Sans répandre de sang, grâces au ministère,
Aux volontés du roi, qui meilleur conseiller,
Sait réunir les cœurs et tout concilier;

. . . .

Pour juger des états, des affaires étranges,
Il faut avoir l'esprit que l'on suppose aux anges.
Un ministre à Paris et des ambassadeurs,
Qui, dans toutes les cours, sont bons observateurs.
Chez les Turcs les présents furent toujours d'usage,
Toutes les cours se plaisent à rendre cet hommage;
On voit l'ambassadeur avec son grand talent,
Ne parler au Grand-Turc que par un truchement,
Et le Grand-Mahomet, ce grand dieu de l'Asie,
N'avoir pas le pouvoir de notre Académie :
De la tour de Babel rappelant les exploits,
La Fortune a rendu les peuples et les rois
Différents de langage, et la docte grammaire
Du Turc et du Français remplit ce ministère;
La politique adroite, en habit de couleur,
Tenant un grand flambeau, son masque sur le cœur,
Doit guider l'envoyé, car dans cette occurence
La circonspection fait toute la science;
Nous sommes toujours sûrs, dans les départements,
Que les préfets ordonnent et sont mêmes prudents.
Les finances vont bien, le trésor de la France
Égale les produits des autres en finance;
Les millions, les milliards sont très-bien répartis,
Et de l'arithmétique on triomphe à Paris.
Prenons le bon parti, laissons-là tous nos livres,
Le 5 réduit au 3 feront toujours cent livres.
Si Maurepas, Neker avaient bien calculé,
Dans la folle tourmente ils auraient triomphé

Du tiers-état fameux qui fit la république,
Et qui mit un zéro sur la dette publique.
Un bon financier froisse mille intérêts
Lorsqu'il veut triompher dans ses nobles projets,
Et les assujettis, par sa bonne balance,
Ne donnent plus aux rois des leçons de finance ;

. . . .

Mais les consciences et la religion,
Compagnes des vertus que chanta Fénélon,
Qu'attaquent tous les jours tant de fameux sectaires ;
A ce culte important il faut un ministère
Qui combatte le schisme et prêche avec ardeur
Tous les dogmes sacrés qui dirigent le cœur,
Arrêtent les grands crimes, et préviennent les hommes
Que Dieu nous punira tout mortels que nous sommes,
Et qu'il voit de là haut le voleur, l'assassin,
Que les archers sont prêts d'arrêter son dessein,
Que Dieu le veut ainsi ; que sa main est puissante !
Et que le criminel que son ame tourmente
Viendra tomber aux pieds du ministre et du roi
Pour que son repentir fasse fléchir la loi.
Les ministres sont faits pour soulager les princes
Dans tous les grands travaux qu'exigent leurs provinces.
Le ministre intendant de plus de vingt millions,
Répand tout le trésor pour bonnes actions,
Et le flux et reflux des produits de la France
En soutient l'équilibre et surtout l'abondance ;
Pour diriger l'état avec plus de vigueur
Une Charte immortelle est toujours de rigueur ;
De mal l'interprêter il faut se donner garde,
La Fortune le veut c'est là sa sauvegarde ;
De la chambre des Pairs on connaît le talent :

Ce sont des fortunés cousus d'or et d'argent,
Et de la chambre basse on vante le mérite :
Ce sont des députés que l'on prend, que l'on quitte.
La révolution à fait sentir l'abus
De ces législateurs aux pouvoirs absolus :
Un décret les assemble, un décret les sépare,
Et si leur controverse était parfois bizarre
On pourrait les dissoudre, et jamais leur devoir
Ne doit outrepasser du prince le pouvoir.
L'idée est heureuse alors qu'elle est prospère,
Par une bonne idée l'on régente la terre,
D'une religion on se fait le moteur,
On vit Calvin Luther acquérir ce bonheur.
Des grands illuminés redoutons la morale ;
La raison a pour eux une forme inégale :
On la tourne et retourne en nombre de façons,
Et les raisonnements font les religions.
Qui dirait qu'aujourd'hui en Europe, en Asie,
La moitié des humains ferment leur sacristie.
Arrêtons ce désastre, et que dans chaque lieu
On fasse triompher la raison du vrai Dieu ;
Qu'on fasse triompher le plus grand sacrifice
Qui racheta les hommes en extirpant le vice.
　Une plaine stérile, où la mer autrefois
Étendait ses rivages et régnait à la fois,
A laissé dans sa fuite, avec son sable aride,
Un fleuve détournant partout son eau limpide ;
Les rives de la Seine, en s'offrant à nos yeux,
Nous présentent l'aspect de ces peuples heureux,
Créateur de leur sol ou bien de leur masure,
Et portent notre esprit vers la simple nature.
Partout l'on fait bâtir, partout l'on vivifie.

Les Romains belliqueux eurent ce grand génie ;
Et pour paraître grand, pour se faire un renom,
Il faut créer un peuple, ou former un canton ;
A ce nouveau Paris, qui sort du fond de l'onde,
On doit former des ponts au service du monde ;
On doit créer un port où le plus grand vaisseau
Revenant du Ceylan, fera voir de nouveau
Les peuples d'outre-mer aborder ce rivage,
Et, depuis six mille ans, cette mer en voyage.
Si j'étais roi de France et qu'un pareil bonheur
Arrivât sous mon règne, aussitôt, de bon cœur,
Je voudrais d'un palais embellir cette plaine,
Et de mon nom de roi l'apellerais sans peine,
Afin que, dans mille ans, on pût redire encor :
C'est ici Charleroi, Charlemont, Charlefort ;
C'est ici Charleville, ou bien Bourbon-Vendée,
Et, comme Constantin, illustrer ma lignée.
   Souvent à la fortune on y joint le mot bon :
C'est un signe certain que le dieu Cupidon
Protége auprès du sexe un homme jeune, aimable ;
Et sa bonne-fortune est souvent préférable
A tous ses grands trésors, qui nous rendent parfois
Rebelles à l'amour et surtout à ses lois.
La puissance de l'âge, ah ! la belle richesse !
Consultez, mon Crésus, un peu votre maîtresse :
Voyez cet Adonis, riche par son printemps,
Les préférés toujours sont les muscles puissants.
On prendra bien votre or ; mais hélas ! cette dame
Vous vendra des plaisirs étrangers à son ame ;
Et la bonne-fortune a ce trait singulier,
Que ce n'est que l'amour qui peut la posséder.

Épictète a toujours combattu la Fortune,
Et tout ce qu'il en dit la peint très-importune ;
Trouble, tumultueuse, et semblable au torrent
Qui roule, fait grand bruit, qu'on évite en passant.
Il la fuit, il se cache aux yeux de la traîtresse,
Loin de la désirer, il la gourme sans cesse,
Méprise ses présents, ses amis, ses grandeurs ;
Mais il veut acquérir l'esprit des bons auteurs ;
Par ses sages conseils il veut former un livre,
Selon ses passions, sa manière de vivre ;
Veut être dominant, pour pouvoir gourmander
L'homme de son esprit qui veut bien l'écouter.
S'il dédaigne les biens, il recherche la gloire,
De sa fortune enfin épouse la victoire.
Épictète en ce jour est-il de bonne foi,
Lorsqu'il veut régenter et nous dicter la loi ?
Cette philosophie est parfois très-sincère ;
Mais il faut se garder de la rendre sévère.
Montaigne d'Épictète avait pris des leçons,
Lorsqu'il parle à peu près dans les mêmes jargons ;
Il veut que la déesse, à son égard tranquille,
Le laisse reposer dans sa petite ville,
Ou bien dans son château, comme un périgourdin.
Il ne demande point qu'elle augmente son bien.
Il sut beaucoup de gré pourtant à la Fortune
De l'avoir fait nommer maire de sa commune,
De l'avoir honoré de l'ordre Saint-Michel,
De l'avoir fait enfin, par un titre formel,
Noble bourgeois de Rome ; et la bulle authentique,
Écrite en lettres d'or, en style laconique,
Rend son esprit content ; il est tout radieux
Que cette antique Rome eût comblé tous ses vœux.

C'est avec des faveurs de pareille substance
Que l'on fait aujourd'hui des ducs , des pairs de France;
Et tel homme modeste écrit à son seigneur :
Ne faites rien de moi que votre serviteur.
L'humilité sied bien , quand l'esprit l'accompagne :
Tout le monde connaît les essais de Montagne.
Et quel est le mortel, riche comme Crésus,
Qui ne priserait pas son esprit, ses vertus ?
Son ouvrage immortel, tout vieilli de langage ,
Respecté par le temps , survivra d'âge en âge.

La Fortune a toujours , au milieu des combats,
Guidé les généraux , animé les soldats.
Les plans sont bien conçus, l'attaque est générale.
Des rois , des empereurs, d'une ardeur martiale ,
Se disputent l'honneur , mais l'honneur du terrain :
La Fortune aujourd'hui doit décider du gain.
Six cents bouches à feu, la plus puissante armée,
Le dieu Mars et Belonne y sont noirs de fumée.
Des bataillons épars on resserre les rangs,
Le sang coule à grands flots, les morts couvrent les champs.
La déesse immobile et cent fois plus terrible
Que le meurtre et la mort..... se rendant accessible ,
Proclame le vainqueur, qui tombe à ses genoux.
La Fortune aussitôt fait suspendre ses coups,
Comble le favori de ses biens , de sa gloire,
Et l'ennemi fuyant renonce à la victoire.
Mais plus tard l'ennemi deviendra le vainqueur ,
Et ce grand favori sera l'usurpateur.
Ne comptez pas toujours sur les jeux de fortune;
Les païens sur son front appliquèrent la lune.
    Et toi, faquin heureux, danseur de l'Opéra,

Dans ton obscurité Belmonte on te nomma.
Huit ans dans les prisons, forçat de l'Angleterre,
Tu forgeas dans ton cœur un projet téméraire.
Libéré de tes bancs, tu cherchais dans ton cœur
Un nom très-embrouillé, mais fait pour le bonheur :
Ce fut Cagliostro, nom magique et barbare,
Qu'imposa ta fortune à ta marche bizarre.
Des titres tu choisis celui de colonel,
Colonel des plaisirs, bravant toujours le ciel.
Le blason, à son tour, te berçant d'un beau conte,
Te permit la faveur de te titrer de comte.
Il fallait une femme à tes projets hardis;
Une Vénitienne, au teint frais et de lys,
Ayant l'haleine pure et la gorge à l'épreuve,
Une taille élancée, et te donnant la preuve
Du titre de marquise, incapable au dehors,
De trahir les secrets où visaient tes efforts.
La Fortune par toi la proclamant ta reine,
D'Isis et d'Anupis tu lui montras l'arêne.
Tu fascinas son cœur, exaltas son cerveau,
Du vice sans vertu lui fis voir le flambeau;
Et pour en imposer à cette multitude,
Du romantique adroit tu lui traças l'étude.
Transmuer les métaux, en faire de l'or pur
Et sur la loterie avoir un jeu très-sûr
Ressusciter les morts, guérir tous les malades,
Prolonger notre vie au delà des croisades,
Se dire grand docteur depuis les Phocéens
Bien avant la science et tous les médecins,
Parler, tromper, séduire; et, par d'heureux mensonges,
Endormir les humains au milieu de beaux songes,
Et des réalités dont le but fut toujours

Les groupes du plaisir et celui des amours,
Prendre de toute main et ne forcer personne
Et viser ses moyens toujours vers la couronne,
Tirer de la beauté le parti que les Dieux
Dans le temps des payens se permettaient entr'eux;
Ne point mendier aux rois, mais commander aux hommes
Et les rendre puissans, faibles comme nous sommes.
Si Cambyse, autrefois, dans le temple d'Apis,
Fit fustiger un Dieu rebelle à ses avis,
De cet Égyptien adoptant les usages,
Illuminons les fous, pour fustiger les sages,
Cet univers borné par nous s'agrandira;
Voilà le grand secret du danseur d'opéra.
Avec ce grand savoir, la superbe marquise
Court droit à Pétersbourg; la Fortune humanise.
Sa célèbre beauté la conduit à la cour,
Et le prince amoureux s'en repaît tour-à-tour.
Ici ce fut des dons où la munificence
Paie cher des plaisirs qu'on achète d'avance.
Des roubles par milliers, hélas! ce n'est qu'un jeu
Pour un prince puissant, pour un prince amoureux.
Marquise, dédaignez et l'argent et l'empire;
La faiblesse est trompeuse et l'empereur soupire,
Qu'il soit à votre char par le cœur enchaîné.
La magie est au cœur; ce cœur vous le tenez.
Avez-vous un poignard? vous êtes bonne actrice:
Dites-lui qu'en ce jour, offerte en sacrifice,
Vous allez vous ouvrir les portes du tombeau,
Et que, d'une rivale ayant vu le tableau,
Vous ne pouvez souffrir un mal qui vous consume
Qu'il faut que l'empereur ait le cœur d'un enclume
Pour ne pas compâtir à la jalouse ardeur,

Et que vous voulez seule influencer son cœur,
Partager ses plaisirs, ses douleurs, sa tendresse;
Mais qu'il ne soit jamais question de richesse.
Soyez impératrice : il est tant de moyens
D'arriver à ce but si ce sont vos destins!
Cagliostro n'est plus qu'un être imaginaire,
Lorsque vous pénétrez jusques au sanctuaire
De ces hommes puissants qui ressemblent aux Dieux
Et qui, pour leur bonheur, savent rompre vos nœuds.
Eh bien ! qu'en dites-vous ? Marquise sans égale,
Vous n'avez rien perdu, votre noble rivale
Conseille à l'empereur de doubler les présents ,
Le poignard a gagné quatre cents mille francs.
Et vous, nymphes du Styx, célèbres courtisanes,
Qui, dans notre rue Verte, en robes diaphanes,
Moyennant cent louis vous faisiez recevoir
Dans le temple d'Isis, au célèbre manoir ,
De Cagliostro vous fûtes les victimes:
Le monstre vous aidait à creuser vos abîmes;
Mais la saine logique a créé des savants
Qui surent renverser tous ces grands charlatans;
Et si Cagliostro, Mesmer avec sa clique ,
Revenaient en ce jour avec leur rhétorique;
On se rirait vraiment de voir tous ces docteurs
Chercher encor des sots ou bien des auditeurs.
Au siècle d'aujourd'hui, où les vertus du sage
Succèdent tous les jours à ce libertinage ,
La Fortune s'éclaire aux yeux de la raison.
Non, il n'est plus permis au faux comte ou baron
De mêler sa naissance à celle des chimères.
L'expérience apprend au milieu de nos guerres
A braver la magie et les magiciens.

Les femmes maintenant ne croient plus aux devins.
Nos temples sont ouverts ; le père avec sa fille,
Le monarque et son peuple y sont tous en famille.
Les pauvres et le riche y sont tous confondus ;
On y voit la décence, y règnent les vertus.
La prière et l'encens, les grâces, la parure,
Tout célèbre à la fois l'auteur de la nature.
Mais la porte du temple est ouverte au public,
On peut sortir, entrer sans payer et sans bruit.
Les anges célèbrent nos morts et nos victoires ;
C'est le temple de Dieu, le temple de nos gloires,
Et lorsqu'un tendre père a quitté ses enfants,
A l'église on conduit ses restes palpitants,
Et le fils, à genoux, attend, dans la prière,
Le moment de monter au séjour de son père.

FIN DU QUATRIÈME CHANT.

CHANT CINQUIÈME.

Artisans du bonheur et de votre fortune,
Vous pleurez en mourant de quitter l'importune ;
Vos pénibles travaux ont trouvé des neveux
Qui, par un testament, vont accomplir leurs vœux ;
Un code bienfaisant a tout prévu d'avance,
Depuis votre sommier jusqu'au trône de France,
Par un prudent écrit, ou par succession,
Les neveux de vos biens prennent possession.
Avant que vos deux yeux n'aient fermé leur paupière
Et que du sombre bord vous n'ayez vu la terre,
On voit vos sucesseurs, sous le chevet du lit,
S'emparer de vos clefs et parcourir sans bruit
Le secret du trésor ; ils cherchent la Fortune,
Se tenant par la main pour la rendre commune ;
Un portefeuille est là ! tressaillement de cœur,
Que les billets de banque en sortent sans douleur ;
De les compter chacun voudrait avoir la gloire ;
Ils les suivent de l'œil, les comptent de mémoire,
Six millions !... on soupire, on paraît très-ému ;
Mais l'oncle est-il bien mort.... Ah ! divine vertu,
L'intérêt est au cœur, comme le corps à l'ame,
Et les pleurs sont toujours nécessaires au drame.

L'heureux Cambacérès fut toujours le premier
A suivre le torrent, ce torrent meurtrier;
Il donnait son avis, mais un avis contraire
Souvent était suivi, c'était le populaire :
Marat et Robespierre admiraient sa grandeur;
Mais toujours à l'écart, très-calme et sans humeur,
Il suivit le torrent jusqu'au moment propice
Qui pût nous conseiller en France la justice;
L'empire lui parut très-propre à ce moyen;
Du soldat fortuné confirma le destin,
Et du mot majesté, tuant la république,
Sire Napoléon, à ce grand mot magique
Le nomma son second!... et l'archichancelier,
Savant jurisconsulte, avec lui sut régner.

Ah! que je plains Montdor, dit l'auteur Labruyère,
Qui bâtit des châteaux, des châteaux de misère,
Et qui, dans tout pays, écrit en lettres d'or :
Je suis le grand seigneur du village Montdor!
Pour acquérir ce rang et bâtir ses richesses
Il emprunta partout, ce sont là ses largesses.
Arrivent les sergents au bas de son château;
Il fit un réservoir nommé la pièce d'eau,
On vient pour tout saisir, le Montdor précipite
Dans ce cercueil maudit sa gloire et son mérite;
Mais il tourne la tête au moment de mourir
Pour revoir des grands biens qu'il ne peut soutenir.

Et vous fripon joueur, ou joueur honnête homme,
Vous jouez la Fortune, et vous croyez en somme
La déesse plus simple et plus dupe que vous,
La Fortune se rit de vos dés, de vos coups.
De ces escamoteurs voyez donc l'assemblée,
Ils vont tous ramasser vos écus à poignée;

Si les dés passent dix et vous rendent vainqueur,
Un compère s'avance, adroit comme un voleur,
C'est pour vous amuser qu'il use de finesse,
Vous laissant ramener vos écus pièce à pièce ;
Mais un coup décisif, vous rendant plus hardis,
Par les dés échangés vous perdez vos louis !
Comment pouvoir lutter avec un adversaire
Fripon au dernier point, et qui de la misère
A prononcé l'arrêt pour que l'homme de bien
Soit content de son sort, qu'il ne hasarde rien.
Mille fous ont joué, mille vont à leur perte,
Le jeu de l'infortune a sa maison ouverte.
Jouez mortels ! jouez pour plaire à des fripons,
Et laissez vos enfants mourir dans vos maisons.
La loterie en France a son tour de fortune,
L'impôt est libéral et la taxe est commune,
Et sur quatre-vingt-dix, comptez sur cinq sortants,
Allez voir s'ils sortent vos numéros gagnants.
  Le travail, à coup sûr, flatte plus la déesse :
Quel repentir pour l'homme où la moindre détresse
Lui fait sentir le mal d'avoir pu ramasser
Ces biens que l'on recherche et qu'on veut conserver.
Girou, mon maréchal, à tout moment s'éveille,
Le carosse qui roule enchante son oreille,
Et les chevaux ferrés, qui battent bien leurs flancs,
Que les grands étourdis font toujours galopants,
Sont comptés par ses doigts. Si le fer se démonte
Et qu'on frappe à sa porte, il y trouve son compte,
Et serait-il minuit, pour le faire lever,
Girou ne dort jamais qu'en rêvant son métier ;
Il bâtit des maisons avec cette science,
Tracasse ses voisins qui sont dans l'indolence,

Tout noir de son charbon, pâle de sa couleur,
Maigre comme un aspic, il trouve le bonheur.
Cet homme ambitieux se tourmente la tête ;
Pour gagner de l'argent le repos ne regrette ;
Le riche l'importune, et son grand bâtiment,
S'élevant près du sien, le rend très - mécontent :
Le riche est satisfait de voir une chaumière,
Mais il veut du respect, il veut qu'on le révère.
Son teint frais et dispos, son œil fixe, assuré,
Lui donnent de l'aplomb, il est considéré ;
Sa poitrine est très-large et sa démarche ferme,
Dit un mot en passant, mais choisit bien son terme,
Parle avec confiance et même avec esprit,
Fait répéter par fois les choses qu'on lui dit ;
Il déploie un mouchoir, se mouche et éternue,
S'arrête rarement au milieu d'une rue ;
Il va cracher fort loin, propre dans ses habits,
Court à pied dans le jour, en voiture les nuits ;
Il dort le plus souvent et ronfle en compagnie,
A table un grand couvert le fatigue et l'ennuie,
Il promène au milieu de ses adorateurs,
S'il s'arrête un moment, s'arrêtent les flatteurs.
Tout se règle par lui ; lorsqu'il prend la parole,
Il pense à Cicéron parlant au Capitole,
Il redresse les uns, fait taire ceux qu'il veut,
Et fait mouiller sa cour, alors qu'on dit il pleut.
On l'écoute long-temps, on croit à sa nouvelle,
En vantant son esprit on voit qu'il étincelle.
De retour de la pluie il vous offre du thé,
Ceux qui n'en prennent pas vantent cette bonté.
Colère, impatient, fait naître des nuages,
Et baisse son chapeau pour ne voir les visages.

Arrivé sur les lieux, s'asseoit dans un fauteuil,
Il croise les genoux, et, tout bouffi d'orgueil,
Il ne verse du thé qu'avec cette assurance
Que l'on donne au mérite, au talent, à l'aisance.
Le pauvre a les yeux creux et le teint bourgeonné,
Le corps sec, le visage est très-maigre et ridé ;
Il est fort complaisant, affable en compagnie,
Il veut vous ennuyer par crainte qu'il n'ennuie.
Menteur très-scrupuleux, se met dans son manteau ;
Il cache tous ses traits en baissant son chapeau.
N'osant jamais heurter un homme d'importance ,
Vers les femmes souvent porte sa révérence.
Forcé de prendre un siége, il l'occupe à moitié,
Le reste de son corps se soutient par son pied.
Il parle toujours bas, articule avec peine ;
Sur l'État il s'explique et l'attaque sans gêne.
Les ministres surtout ombragent son esprit,
Et pour les réformer il compose un écrit.
Notre temps, à ses yeux, n'est que pure misère ;
Il regrette le siécle où vivait son grand père ;
Il cache son mouchoir au fond de son chapeau,
Et s'y mouche dedans en vous tournant le dos.
Il tousse sur les uns et crache sur lui-même ;
Mais pour éternuer, quel embarras extrême !
Du grand-dieu vous bénisse adorant le salut ,
Et par sa pauvreté se croyant au rebut,
On le voit échapper au moment très-propice,
Et court éternuer galopant dans l'office.
A l'heure du repas il se fait appeler,
Car ce n'est qu'en tremblant qu'il se laisse inviter.
De la Fortune, enfin, on peut par la peinture
Mouvoir tous les ressorts que donne sa figure.

Voilà ses talismans, toutes conditions,
Tout changement d'état, les révolutions.
Dans cette vérité consultez la déesse.
Théophraste autrefois sut la singer sans cesse.
Heureux ou malheureux, elle donne l'essor,
Et la beauté souvent rend plus hardi que l'or.
L'homme à quatre-vingts ans, vieilli dans la misère,
Voit venir la traîtresse, il n'y pensait plus guère.
Elle arrive au galop nous apporter du bien
Quand nous sommes perclus et ne sentons plus rien,
Que les femmes pour nous ne sont que des idoles,
Et les plaisirs du cœur de pures paraboles.
Lorsqu'enfin sur cinq sens dont nous pouvons jouir,
Même notre estomac ne peut plus rien souffrir.
Ah ! que l'ouïe est dure et que la vue est basse !
Qu'on a bien peu de goût, que le toucher vous lasse !
Et que de l'odorat l'on fait bien peu de cas !
Lorsque les cheveux blancs amènent les frimas.
Que faire de cet or quand on quitte la vie ?
Là fortune en ce jour ressemble à la folie.
Écoutons un moment le mot de Mazarin :
Est-il houroux ? Voilà le secret du destin.
Ce bonheur-là dépend de notre mariage.
On dirait que ses nœuds forment tout l'assemblage
Du bonheur qu'on recherche et qu'on n'attend jamais.
Si d'un mauvais parti l'on rencontre les traits,
Pour supporter ce joug il faut une science
Qui surpasse l'esprit de tous les ducs de France.
Un bon mari se dit d'un homme complaisant,
Amoureux de sa femme et très-indifférent.
Les femmes ont par fois des visites à faire ;
L'époux doit ignorer jusqu'au bout le mystère,

Pourvu que le diplôme ou le brevet d'honneur
Amènent une charge, il doit croire au bonheur.
Est-ce là une femme ? une femme accomplie ?
Qui songe à son époux, aux besoins de la vie ;
Et que tous ces maris jaloux et vrais tyrans
Méritent bien leur sort et celui des enfans.
Laissez faire une femme adroite, ambitieuse,
Qui connaît les humains sans en être amoureuse.
Vous la prîtes, je crois, au sortir du couvent ;
Elle avait fréquenté madame de Campan.
Campan qui soumet tout comme un maître d'école ;
Qui tenait tête aux Turcs, au grand maître d'Arcole,
Qui d'une reine aimable avait formé le cœur,
Qui n'eut d'autre défaut qu'un défaut de bonheur.
Campan qui, bien plus tard, éleva de ces filles
Qui devaient être sœurs dans les mêmes familles,
Et qui les élevaient pour des riches marchands.
Quelle surprise, ô ciel ! de voir tous ces enfants
Escaladant un trône en France, en Italie,
Reines de la Hollande ou bien de Westphalie ;
Toutes étayées du grand Napoléon
Qu'enfanta la fortune avec la nation.
Campan se mit alors à crier au miracle ;
De Marie-Antoinette ouvrant le tabernacle,
On l'accusait déjà d'avoir pris les bandeaux
Et les avoir placés sur tous ses fronts nouveaux.
Je conçois en effet dans ce bonheur extrême,
Que Campan dut parler par fois du diadème,
Qu'elle dut raconter, en essuyant ses pleurs,
Les vertus de la reine ainsi que ses malheurs.
Que notre archiduchesse était sage et fort belle,
Et que reine des cœurs elle en eut l'immortelle !

Hortence, espérez tout, espérez tout du sort.
On vit Hortense reine et son cœur l'est encor.
Les hommes ont sans doute un puissant avantage.
Des femmes calculant les moyens et leur âge ;
Mais contracter l'hymen sans éducation,
C'est bien du mariage en bannir la raison;
Conclure ce marché n'est pas petite affaire.
Ce n'est rien que l'écrit que dresse le notaire.
L'un porte de l'argent et l'autre des contrats.
La fortune des biens partout ne manque pas.
Sur un char magnifique on vole à la commune ;
Ce n'est pas encor là qu'on trouve la fortune.
Vous voilà mariés ; mais un fruit défendu
Vous appelle à l'église au nombre des élus.
L'église est réservée au plus grand sacrifice ;
En sortant de l'église immolez la génisse.
Voilà votre beau conte et le conte de tous.
Eh bien ! mon épouseur, dites, qu'en pensez-vous ?
Vous connaissez enfin de l'hymen cette force.
Vous avez, j'en suis sûr, brûlé plus d'une amorce.
De la virginité vous disputant l'honneur
Vous avez immolé la victime en vainqueur.
Votre cœur est content, il couronne sa flamme ;
Et dans tout le quartier l'on proclame madame.
Si vous êtes heureux encor le lendemain,
Rien jusques à ce jour ne change le destin
Que chacun se promet en de pareilles choses.
. . . .

. . . .

Voilà deux ans passés, récitez-m'en les causes.
Vous avez des enfants c'était là le grand but.
Encor je ne sais pas si dans votre début

Vous n'aurez pas forcé ni doublé votre office.
Quatre enfants dans deux ans ! L'hymen vous est propice.
Ce contrat généreux, en vous mettant d'accord,
Aux enfants, à coup sûr, ne pensait pas encor.
Ils vous y font penser; la Fortune est traîtresse.
Votre femme autrefois aimait fort la richesse.
Elle avait des valets pour se faire servir,
Une mère idolâtre ardente à l'applaudir.
De vos deux mille écus que vous avez de rente,
Vous sentez aujourd'hui la somme insuffisante;
Votre train de maison demande plus de frais.
Vous étiez autrefois au nombre des Français
Qui soutinrent un choc digne de leur patrie.
Vous fûtes commandant dans la cavalerie,
Écrivez au monarque, il vous répond soudain
Qu'il peut vous avancer, mais qu'il faut que demain
Vous partiez aussitôt pour aller en Espagne.
Cette guerre finie, on craint que l'Allemagne
Ne fasse retentir le cri des combattans.
Vous le voyez époux, voilà bien vos deux ans,
    Du fameux Bergami croyons un peu l'histoire
Car c'est un parlement qui veut la faire croire.
D'Antoine et Cléopâtre on réveille le sort
Quand ce vilain aspic fait penser à sa mort.
Si j'étais marié, vivant avec ma femme,
Et qu'elle eût de l'humeur, je lui dirais : « Madame,
« Promenez en Egypte et dans tout l'Indoustan,
« Mais n'approchez jamais mon cruel parlement. »

. . . .

. . . .

FIN DU CINQUIÈME CHANT.

CHANT SIXIÈME.

Poètes accourez, et vous littérateurs
Apprenez le secret d'être de bons auteurs.
Vous avez du talent, une grande mémoire,
Le travail très-facile, à ce que l'on doit croire,
L'esprit d'invention ne vous faillit jamais,
Et beaucoup d'entre vous ont les plus grands succès;
Il ne vous manque plus, savants, que la Fortune,
Qu'un peintre rencontra dans un beau clair de lune.
C'est celle des auteurs, poètes écrivains,
Celle des traducteurs, peintres et médecins.
Tous vos succès passés, il faut en avoir d'autres.
Vous êtes à Paris trente de ses apôtres,
Implorant la Fortune ou du moins un sujet
Qui réveille les cœurs, et fasse de l'effet.
Vous faites bien les vers, vous dictez bien la prose ;
Mais trouver un sujet, ah ! c'est tout autre chose ;
C'est là que la déesse a toujours mis la main,
Et pour la consulter je vois soir et matin
Votre esprit s'échauffer ainsi que votre bile :
Ah ! dites-vous : voilà, voilà le difficile !
Un sujet pastoral, mais toujours dans les prés !
De se voir au village on se trouve obsédés.

Un trait national, un trait anecdotique,
Un trait sentimental, un grand trait historique ;
Mais tous ces traits usés courent le carrefour,
Chacun se les raconte en se disant bonjour ;
Les classiques du temps, les Rousseau, les Voltaire,
Le romantique heureux Valter de l'Angleterre,
Les mœurs de nos Français, celles des Italiens,
Des nobles Castillans, ou des Égyptiens,
Les Mille et une Nuit, l'Amour et le Scandale,
Tous les soirs ses sujets se jouent dans la salle ;
Vous appelez, madame et votre Benjamin
Pour chercher dans leurs yeux ce sujet si divin,
Un ami vient vous voir, vous raconte une fable,
Fait présent au lutin de Perrault l'admirable.
Barbe bleue a séduit votre jeune talent ;
Cendrillon en musique a beaucoup d'agrément ;
Enfin dans la nature et la nature entière,
Perrault, seul aujourd'hui, vous sert de ministère.
Quel mérite avez-vous dans ses productions ?
Un cadre fort heureux des situations ?
Mais le sujet, ami, n'est pas de votre tête ;
L'imagination fait seule le poète.
Rarement la Fortune anime les cerveaux
Qui rampent sur la scène, et de tous vos travaux
Le plus sûr, c'est l'argent que rapportent vos pièces.
Quand Perrault vous prodigue aujourd'hui ses largesses,
Gil-Blas de Santillane a pu guider Picard ;
La révolution lui servait d'étendard.
Durante, noble pair, sans les ducs de Bourgogne
Aurait-il pu créer l'esprit de sa besogne ?
Nous devons applaudir ces grands littérateurs,
Ressemblant à l'abeille et très-bons narrateurs

De Voltaire et La Harpe ; ils cherchent le génie
Que le comte Ségur sut trouver en Russie.
Voilà de la Fortune un bon historien,
Parce qu'il assistait aux faits qu'il rend si bien.
Bonjour et Casimir se disputent la scène,
Et se pillent tous deux sans rancune et sans gêne.
L'un au bois de Boulogne, et mon autre à Paris,
Se moquent d'un ministre ainsi que des maris ;
Et si l'Académie a l'heureux avantage
A l'un des Casimirs de donner son suffrage,
Les deux en pareil cas sont reçus tour-à-tour,
Pourvu qu'en s'accostant ils se disent bonjour.
Et la fraude est si grande en pillage commune,
Qu'on dépouille les morts de toute leur fortune ;
En changeant les habits et le nom des acteurs,
Ils les mettent sur eux comme font les voleurs.
Lorsqu'un provincial arrive par le coche,
Tous les petits auteurs vont fouiller dans sa poche.
Il arrive à Paris pour se faire jouer,
Son travail de dix ans on vient de lui souffler.
Un mélodrame affreux, l'Auberge du Diable,
Le nouveau Vaudeville ou la Femme insolvable ;
Et cette comédie en cinq actes en vers
Qui peignait de nos grands les vertus, les travers.
Le ministre indiscret ou l'étrange disgrace,
Voilà l'invention qui trouve ici sa place ;
Et combien mon auteur, en perdant ce trésor,
Doit être inconsolable à se donner la mort.
Les manuscrits perdus, on fait une recherche,
Et l'on voit dans Paris, au bout de chaque perche
Cet écrit imprimé ; Avis, Parisiens :
Un auteur de province a perdu tous ses biens !

L'on trouvera demain, à coup sûr, mes ouvrages
Chez les auteurs du jour scribes et volages,
Et qui me les rendront quand la prescription
Les aura mis en train de jouer l'action.
Mais ils la joueront sans mon titre et ma prose,
Ils pilleront l'idée, ils feront quelque chose
Qui se rapportera dans tout à mon esprit;
Mais ce sera le leur en cachant mon habit.
Rappelons des auteurs l'excellente manie,
Si ce sont des héros dont ils tracent la vie,
Ils conservent leurs noms avec quelques hauts faits;
Mais pour dresser ce drame il faut d'autres sujets.
L'esprit d'invention fut toujours nécessaire,
Corneille dans Cinna prouve ce savoir faire,
Et le trait principal ne sert qu'à terminer
Les fables que l'auteur fut forcé d'inventer.
Un beau dénouement fut toujours du sublime,
Et les maîtres de l'art y perdent leur escrime.
La clémence d'Auguste est un tableau parfait;
Mais jamais le héros n'eut l'esprit si bien fait;
Le langage des Dieux n'appartient qu'au poète;
Mais mille fois heureux, heureux son interprète,
D'avoir su s'emparer d'un sujet fortuné,
Qui portera Corneille à l'immortalité.
Racine et puis Voltaire ont imité Corneille;
Le choix de leurs sujets a toujours fait merveille,
Le roman du héros par fois leur suffisait,
Quand l'histoire du temps sur ce point se taisait.
Bajazet est du nombre, et sans l'art de Racine
Bajazet aurait-il cette grace divine?
Fol amour, jalousie et persécution,
Voilà les grands motifs de l'étrange action.

Amurat fut jaloux et Roxane infidèle,
Bajazet fut ingrat, des frères la querelle
Se termine à la fin par cet assassinat.
Roxane et Bajazet par ordre d'Amurat ;
Atalide restait, amante désolée,
Troisième elle meurt pour remplir la journée ;
Mais voilà bien du sang dans un jour répandu,
Et pourquoi tant de morts pour l'amour sans vertu ?
Les Turcs et les Romains partagent nos poètes,
Et notre tragédie épuise leurs enquêtes,
Où luttent les tyrans, les rois, les passions,
La haine, la vengeance et les rebellions.
On veut nous étourdir par le malheur des autres ;
C'est le plus sûr moyen de consoler les nôtres.
La Fortune et l'auteur s'accordent sur ce fait,
Qu'il faut frapper très-fort pour paraître parfait ;
Du moins le romantique admet cette mesure,
Surtout lorsque l'on peint et passe la nature.
Courons à l'opéra, le soleil a passé.
Reflet de la Fortune, opéra si vanté,
On se plaît à te voir factice et chimérique,
Pour mieux nous captiver employant la musique.
OEdipe malheureux, Alceste chez Pluton,
Le grand palais d'Armide et ceux de Cupidon,
Le Paradis perdu, le séjour des Miracles.
Aladin et Trajan, Therpsicore et les fables.
De la magie enfin en mouvant les ressorts,
Nous voulons en vivant voir remuer les morts,
Afin que notre esprit compare leur école
Avec tous les Césars qui jouèrent un rôle,
Et qu'un auteur fameux se permette, un beau jour,
De nous représenter pour briller à son tour.

Mais pour bien mériter, hélas, l'apothéose,
Le héros doit mourir avant tout autre chose ;
Et comme les Romains percer la nuit des temps,
S'il veut revivre encor sous les traits des vivants.
　　Jean Bart, marin célèbre, amiral de fortune,
Je cherchais un modèle où la tourbe commune
Pût se glorifier d'avoir servi le roi,
Ce modèle accompli je le trouve dans toi.
Ce n'est pas à la cour que tu pris ton courage,
Ton père était bourgeois, et, malgré ton jeune âge,
Mousse on te vit d'abord, et le fameux Ruyter
T'incorpora son ame au milieu de la mer ;
La guerre se déclare, et Louis le superbe
A ces fiers Hollandais veut rabaisser le verbe :
Tu quittes leur service, et l'on voit ton grand cœur
Poursuivre ta fortune ainsi que ta valeur.
Du comte de Forbin dirigeant la nacelle,
Tu fus supérieur par la force et le zèle ;
Le bruit de tes exploits se répand à la cour,
Le comte, ton ami, t'y conduit un beau jour :
Mais, affront inoui pour Bart dont l'abordage
Fut toujours le signal de son fameux courage,
Il faisait antichambre, il croit être au tillac,
Et se met à fumer sa pipe de tabac ;
La cour est en rumeur, on rassemble la garde,
Pour chasser cet intrus on pointe l'hallebarde.
Jean Bart, toujours sans peur, leur dit : « Soldats, le Roi
« Ne peut point s'offenser d'un homme tel que moi. »
Louis le fait entrer, appaise le tumulte,
Ordonnant aussitôt d'arrêter toute insulte.
S'adressant à Jean Bart : « Voilà trois mille écus,
« Et fumez à la cour pour prix de vos vertus.

« Soyez noble, Jean Bart, ainsi que votre race ;
« Quand on sert bien son roi ce n'est pas une grace ;
« C'est un droit que je donne aux mousses, aux soldats,
« La noblesse s'acquiert par des actions d'éclats. »
Jean Bart, tout triomphant d'un esprit admirable,
Imposant à la fois et surtout redoutable,
Court chez Pierre Gruin ; il trouve un grand dîner,
Et s'annonce en disant.... « Gruin, trésorier. »
Personne ne répond, Jean Bart est dans l'attente :
« Où donc est ce Gruin.... mon cœur s'impatiente. »
Gruin, trésorier, répondit à l'instant :
« Monsieur vous paraît-il de trop en me parlant ?
« Allez apprendre à vivre, et sortez, je vous prie ;
« Revenez dans deux jours, je suis en compagnie. »
Mon Jean Bart, aussitôt, se croit en pleine mer ;
Il court à l'abordage ; et, prenant un ton fier,
Tire son arme blanche ; aussitôt le service
De la salle à manger retourne dans l'office ;
Les invités ont peur, craignant que ce festin
Du grand Festin de Pierre ait la terrible fin.
Le très-noble Jean Bart veut mourir en corsaire.
Gruin pour le calmer ouvre son secrétaire,
Offre de tout payer..... Les écus de six francs
Étaient lourds à porter à l'époque du temps ;
Jean Bart, toujours armé, menace tout le monde.
« Pour un mulet, dit-il, on me prend à la ronde.
« Gruin, je veux de l'or, garde tous tes écus. »
Et Jean Bart est payé quand le dîner n'est plus.
Comme la politesse a bientôt pris empire,
Quand l'homme de fortune a droit de la prescrire !
Tout autre que Jean Bart aurait été chassé ;
Mais on donna de l'or au marin redouté.

Il retourne à la cour témoigner au monarque
Ses grands remerciements, mais en homme de marque,
Ses habits au-dessus étaient tout filés d'or.
La doublure en argent; Jean Bart, comme un milord,
Gêné par ses galons et son corps tout en laisse,
Disait en vrai marin : « Tonnerre de noblesse ! »
Arrivant au tillac, suspendit à un clou
Ses beaux habits de cour, et riait comme un fou
De voir qu'un matelot avait eu l'avantage
De pouvoir se produire avec cet équipage.
Et comment distinguer le riche avec le gueux,
S'ils étaient habillés également tous deux?
Et comment distinguer la prude et la coquette,
Les mœurs d'une Lays et celles d'une Fanchette ?
La mode a ses couleurs, et, dans tous les pays,
Toute condition est marquée aux habits :
Elle établit partout ses droits et son empire,
La Fortune toujours se plaît à la prescrire. -
Mais combien de lions, sous la peau d'un renard,
Cherchent à nous tromper par la mode et par l'art;
Et ces filets d'amour où nous prennent les femmes,
Qui servent à trahir le profond de leurs ames,
Tandis que les amants ont toujours le pouvoir,
Malgré tous leurs filets, de juger et de voir
Si l'art n'augmente pas quelquefois la nature,
Et si tous les appas répondent à l'allure.
Cydalise à trente ans voit s'affaiblir son sein,
Quand la mode aussitôt lui fournit un coussin,
De ces jolis coussins : qu'on figure avec grace,
Qui, faute de rondeur, trouvent toujours leur place :
Nous verrons quelque jour revenir l'ancien temps,
Et les paniers d'osier grossiront les mamans.

Que font de ces longs buscs ces tendres demoiselles ?
Elles relèvent tout jusques au milieu d'elles ;
Elles semblent braver des hommes la valeur,
Et nous montrent un busc pour garder leur honneur.
Les buscs sont leurs tyrans, les corsets leur supplice,
Et leur corps cuirassé, s'offrant en sacrifice,
Conserve sa prison, son busc et son corset,
Et, victime de l'art, fixe le plus discret.
Les yeux trompent toujours, et les verres d'optique
Servirent de tous tems aux maîtres de physique.

    La fortune aujourd'hui, abdiquant ses forfaits,
Va nous ouvrir son cœur, parler de ses bienfaits.
Sur un trône royal vient placer l'immortelle,
La légitimité. La déesse a pour elle
Un penchant naturel. Les trônes des Bourbons
Sont dans ses attributs, forment ses écussons ;
Ayant tout rétabli pour leur être propice,
Elle veut diriger ses pas vers la justice ;
Vers la sainte-alliance. On la voit dans Paris
Soupirer et pleurer au tombeau de Louis.
Grand régénérateur du trône de tes pères,
Tu ne fus point sacré ! quels furent les mystères
Qui privèrent tes droits des droits de Samuel ?
Les hommes d'ici-bas dirigent donc le ciel ?
Tu ne fus point sacré, ne pensas pas à l'être ;
Dieu devait t'appeler pour te faire connaître
L'absence de tes droits. Aujourd'hui dans les cieux
Tu connais les motifs que t'en donnent les dieux.
La fortune d'accord avec leur sainte grace
Veut sacrer, proclamer successeur de ta race,
Charles X, bien aimé, dont les peuples heureux
Bénissent les vertus dignes de leurs ayeux.

Que Louis le Dauphin, Henri V et la France
Mettent dans Charles X toute leur espérance (1).
Contents d'avoir un roi qui connut le malheur,
Pourront-ils être sourds aux prières du cœur,
Aux larmes des sujets, lorsque la monarchie
Veut dire conserver, administrer la vie,
Soutenir l'équilibre et faire respecter
Les lois de la justice et surtout de régner,
Non comme un conquérant, mais comme un tendre père;
Comme le roi des rois que partout on révère.
Et toi ministre heureux que l'on vit sur les bancs
Conseiller les partis pour les rendre prudents;
Ton éloquence alors, qu'épiait le monarque,
Captiva son esprit, il en fit la remarque.
Voilà de la Fortune et l'exemple et la loi.
C'est de montrer du zèle et de plaire à son roi.
Adieu, Fortune, adieu; quand la France respire,
Daigne au moins protéger et mes vers et ma lyre.

(1) J.-B. Rousseau dit, dans son ode VI à la Fortune :

> L'effort d'une vertu commune
> Suffit pour faire un conquérant,
> Celui qui dompte la fortune
> Mérite seul le nom de grand.

FIN DU SIXIÈME ET DERNIER CHANT.

www.ingramcontent.com/pod-product-compliance
Ingram Content Group UK Ltd.
Pitfield, Milton Keynes, MK11 3LW, UK
UKHW020402180726
13839UKWH00003B/1236